鴉と戦争

朽木 祐
Kutsuki Yu

ユニヴェール12

書肆侃侃房

鴉と戦争＊目次

III

装幀　毛利一枝

I

兄妹たち／予兆

ああ鴉、いつまでそこに）流血がその沈黙に値を付ける

手のひらに自ら傷を彫るひとの沈黙のその淵は深くて

兄妹たち／レイヴン

0日目（b）

戦争がけふの未明に始まつた。ふはと鴉の羽根降りかかる

朝焼のくれなゐ色を引き裂いてひかりぎいんと、ぎんと光り

枕頭に赤い光が流れ込み封書を開くやうな覚醒

戦争は素早く射してくる破滅　生きてゐるから夢　生きてゐる

覚めてまた戦争のころ。そしてまた妹が挽くコーヒーの香

起きてたの　ああ、起きてたんだよ　新しい幻のこと触れずに交はす

守ります　あをい画面で繰り返す老人の口の白い歯並び

守るつて国の機関と原発とあとは基地とか　さうだらうけど

英雄に夢でもならずうつつでも最初の死者にもなつてゐない

ミサイルが飛び込んでくるはずなのに資料画像が戦車隊　ええ?

けふはねえ月曜日なの　妹がこちらを見ずに通す片袖

妹は仕事があつて私には仕事がなくて戦争がある

パンプスに足指を差し行くから　と朝のをはりを告げる妹

そのあとは朝ではなくて同胞《はらから》を見送つてからときのない時

妹が働いてゐる月曜に無用の人であり生きてゐる

午前の散歩に鴉が散らす黒い羽根　否たましひは透けてゆかない

葉物しか食べたくなくて昼餐を街に迷つてやはり帰つて

川岸でたがひを殺し合ふ夢の午睡にも降るはやさめの音

空間が乱れて夢のさめぎはにうばたまの羽根肩にまだある

鴉《か》谺《あ》とこゑ、向かうの軒を見ても否ただパラボラの一輪の白

神経の疲れた顔の妹が片袖を抜く　目を逸らしたい

「話では灰が降る野になるのにね、今日も書類とたたかってたの」

朝焼けのくれなゐ色を二人では見ることもなく経てきて今は

テレビ、つけると　いまは怖くて　いま庭に鴉が降りた黒光りする

簡単に世界は終はらないのねと妹が温めるスコーン

細い手に渡すホーリー・グレイルのやうにされども紅茶の杯を

曖昧を愛してはゐる妹は舌にさらさり散薬をして

ゆふ闇のチャイコフスキーのボリュウムを下げた手を取る　温かい

あたたかい手をした兄がわたしから何も奪はずただ手を握る

0日目（s）

手を取つてそれから何もしないのね　今夜冷肉サラダしかない

私たちとても時間はあるのだし特に　　　　しないでもいい

ほんたうは　わたし働いてるんだし言つてやりたいこいつ働け

ほんたうは　欲しいものには手を触れず終はりから見る余生とか嫌

7日目昼（b）

外出が禁止されない戦争のうつすら曇る空のその下

青天を映すみづにもたひらかにひかりは溜まり　コロッセウム

どの国に生きてゐたつて足元に誰かが眠る　曼珠沙華、ああ

予想では既にをはつてゐるはずの世界どころか花に日が射す

手の中で震へる電話　ああこれはあいつからだと出なくておもふ

いやいまのこれは警報　軌道から影が脳裏に飛来してくる
隠れても意味はないよと言つてゐた妹はいまどこに隠れて

くるとして基地に落ちると　その方を庇ふ立木の根方に屈む

焼き尽くす光待つ間の冬薔薇《ふゆさうび》見えて、見えてあまりに美しい

それまでの久遠までともつかの間を誰も命を生き延びてゆけ

どれだけを待つたのだらう、穏やかな光の中に薔薇咲いたまま

それで鳴る携帯電話　曖昧を生きる同士のこゑ交々に

7日目夜（b）

瞳には炎映してみて何を、戦争を言ふ人達の顔

ほんたうにはじまつてたんだ　怖いよと、膝を抱へてゐる妹の

一発はどうにか落としそのあとに毒と炎が土地に撒かれた

やられたらやり返すから戦争が終はらなくなるわかつてるんだ

何も言はずに出したワインが少し酸い何も言はずに干して　寝ようか

逃げようか　何処へ行かうか　何処へでもたがひに側にゐて欲しいこと

真夜中のひとひとひとり耳元にいつまでも来るみづの足音

夜明けはとほくなつたりしない　液晶の画面深々不眠をねぶる

眠れない胸の奥から心音が剝き出しにする寂しさがある

あたたかい手を執る　いいよねと言つたか知らず引き寄せてゐる

残像のやうな遅さの指先にふたつ一つと解かれる釦

柔らかい箇所を互ひに触れ合はすだけのことでは　だけのことでは

やはらかい素肌であれば闇のまま抱き合ふからだ溶けるまでする

息絶えるやうに深々首筋をあはせいつまで震へる体

（わたしたちたたかつてゐるうつくしいわたしたちたたかつてゐるんだ）

覚めてくる　指先に触れほんたうにしたんだねつてちひさく笑ふ

凶星のやうな朝日だ（みさいる）と訝していま抱きあふのみ

7日目夜（s）

饒舌な画面の人の舌先がちらりと見えてくらやみの肉

徴兵がない国だからゐただけのこの国だけど　ねえ、逃げようか

美しくない兄と知つてる見てしまふワイン三本二人で空ける

寂しくはなくてそれでも寝る部屋は同じでいいや　けふ、疲れたし

いつまでも兄がスマホを弄るのがひかりでわかる　わかる寂しい

天井に体を向けて顔は横　怖いのならば来なくていいよ

眠れずにゐれば取られる私の手　わかつてゐるの私の手だよ

たたかひのやうなことから退いた人と思つてゐた兄の腕

あ、と声を上げたかたちの唇に　いつでもいいよ、でも、今なんだ

ゐるだけでいいとは偽善、しつてゐた　からだ同士のわたし達だと

したことがないって嘘だ　ゆっくりと動きはじめるあなたのからだ

両腕をあなたに回す　両腕が私に絡む　深くなってく

（わたしたちたたかつてゐる　わたしたち　何と？　何かと　屹度いのちと）

落ちてゆく眠りのきはにしあはせの方に流れてゆくほとの汗

目覚めたら裸　にすこし驚いて横の男も裸で兄だ
ほんたうにしたんだねつて心から笑ふ私を笑ふなよばか

叶ふなら誰も死なない世界へと手を取り合つて行きたいの　ねえ

189日目（b・s）

青空を摑まうとした瞬間を冷凍されたやうな白樺

時々は抱き締めあつて　わたしたち何も失くしてないよ　さうだね

寒い、寒いのにいま火がなくてわたしたち死なないとだめですか

ほんたうに水が欲しいよほんたうはおそろしいです生きてゐるのが

罰は等しく地上に降らず黒い雨を人が地上のどこかで降らす

時々は抱き締めあつてわたしたちあにいもうとの仮面を捨てる

兄妹たち／永訣

吹く風に蝶の揺らめき　わたしには無銘の墓もないのだらうと

Arbeiten macht……Frei.　今それを言ふの兄さん自由とかもう

戦争はいつはじまつて終はつたか　それよりも水買ひに行かなきや

この三つ先の区画は水道が来てゐるらしい　ほんたうかしら

滅茶苦茶にしたねされたね灰色の桜の花の汚土に散り這ふ

生活を壊して食べるわたしたち黒光りする雨が止まない

水をくださいおそろしくないのですからきつとまた立ち上がりますから

知つていて信じはしない　さきにゆく熱いあなたの額を撫でる

雨が止み鴉の羽音　死のあとに羽根のひとひら降るのだらうか

II

ユニコーンたち

やさしさは売り切れてゐてわたしには殺鼠剤しか買へなかつたの

きつと何百もゐるんだ　さうねでも同じ顔ならとくに要らない

へいたんな昼の客車に投げ込まれひつじぼろぼろ食ひ荒らされる

棒切れでほじつてみれば五回ほど夢を見ながら殺した人だ

全部嘘みたいだけれどやつちやはう薔薇の花壇におちるハンカチ

僕が墓守とはなぜさ　保温器の中に卵を静かに寝かす

季節にはいつも遅れてやつて来て鐘を小さく鳴らすこころだ

売りに出す本の栞を剝ぎ取つてさあさやうならユニコーンたち

からすの落下

粉薬みたいな色だこの緑茶　あしたあなたは容疑者になる

中指に栞絡まりこれだからロラン・バルトの曖昧が嫌

交差点にカメラを翳す　許すまで天使、さもなくば誰も通るな

シャッターのリリースを待つひとときは人差し指に火が着いてゐる

花を踏む　踏むその歩み文にして不意に炎の震へる心

手摺りからはしぶとがらすひと振りの制止できないかたちで落ちる

らんちうは金魚の名前フランツはカフカの名前　眠れたらいい

少しづつい《ゐ》たくなくなる国　とほく岸辺に枝垂れ桜が揺れる

全滅

些末事の極まる果てにラズベリーパフェをざくざくずごつくぐふどむ

ザラキなる音に憧れありしころサマルトリアの王子又死ぬ

性愛は遠くいざなふ、波の間に揺れるはしごのやうな月光

つきまろんつきまろりんと各駅の電車の窓をひとりじめする

どつと来るものを背骨でせき止めて卵御飯を掻き込む夜中

だからさあ戦争だつてかち割つた蟹の脚から錆びた導線

八月は風化してなほ死者の名を集めてすなる博物学を

よくがない

明日の朝バスタブのお湯捨てるときこの性欲も流れろ畜生

あたらしい地球の蝕が来るかとや初冬のあらし窓辺を襲ふ

地球儀をすうと押さへるその指にノーバヤゼムリャ列島寒し

眼鏡屋の音波洗浄機のために眼鏡を着けて外にでてゆく

もう俺はこれで終はりにしたくつて水蜜桃の汁すすり込む

動物を小部屋のなかに吹き込めてつめたい雨を連れてくる風

追ひつけないくらゐの前に白タイツひらめかせては歩行の少女

盗んでは卵を空に放り投げ明日天使になあれだなんて

「チェーホフはいいね」だなんて言ひながら螺旋階段　あなたは遠い

ありがたう　対角線の端と端つかの間だけどゐさせてくれて

曖昧をゆるせない日のみづうみに挿し降ろされるひかりの梯子

最終の電車くわりと戸を閉めて雨夜の奥に滑り込みゆく

鱗

銀鱗を波打たせてはひと時に透けて光となる鰯たち

視なくとも芒ひとむら　息継ぎの残り時間が惜しくなつてる

黄葉を今年まだ見てなかつたか銀杏のうちら微かに青く

灰色の雲のひしめきからつぽの心のうへにのしかかるなよ

雲貫いて夕日射し込む束の間に地上真空のやうな沈黙

運命を言ふのは（よせよ）くらやみの俗信めいて気楽ではある

喩性悪徳説

隠喩つて此処つてときに裂けるから手の中の蝶をもう、放せよ

うまくないときに限つてよく燃える灯心のやうなものだね煙草

二人してことばあそびにくれる日のずつとこはれたままがいいよね

午後五時　ふと眠りこみ汗に醒め午前の一時、過去ばかりゐる

ダウンコートを脱いで吊るした、存在の肉を骨から剥がす仕方で

こんな暮らしが続くわけないってことを、毟られてゆく春のわだつみ

生まれて来るのは光ばかりである夢をみてゐたらしい　涙が涸れた

公孫樹　ああ自ら光る樹のことをそんな名前で呼んでゐたんだ

タルタロスにも咲く花はあれ蔦の這ふ谷のあひにも求めて止まぬ

靴先で水踏み抜けばちりぢりに昨日のひかりこはれてしまふ

鯖の水煮とトマトソースのパスタ、十首仕立て

遠巻きに見てゐることは優しいと言はないでせう　（鍋を熱して）

遠巻きに見てゐることは正しいと言はないでせう　（橄欖油《オリーブ》ひき）

遠巻きに見てゐることは親しいと言へないでせう　（赤茄子扼し）

遠巻きに見てゐることは楽しいと言へないでせう　（鯖缶を開け）

遠巻きに見てゐることを知つていた。知らないでせう（五分程煮る）

遠巻きに見られることは悲しいと知らないでせう　（塩を湯に振り）

遠巻きに見られることは友情を枯れさすでせう　（パスタを茹でる）

遠巻きに見られることは静脈を裂くことでせう　（火を止めて混ぜ）

遠巻きに見られることは少しだけ嬉しいのです　（見た目は悪い）

遠巻きに見てゐた人のしあはせを願ふともなく喰ふパスタなり

煙草やめなよ

梅雨です、ね　の一すぽ一るをあらしめるぽ一るすた一を見失ひます

ま一るぼろ（さう簡単に信じてはならないこゑだ）ま一まるるぼろ

まーるぼろ差し上げようか花束を炎の束を抱くあなたに

まーるぼろ　落雷　叛旗　頽落し且つ健康に過ごせ吾妹よ

昏々と柵《しがら》んでゆく生き方の要約としてジッポー閉ぢる

ねがはくは……vulnérabilité……victimisé……静かに降れよ霜月の霜

肺胞でルサンチマンが燃えるのにマルボロ先駆けて崩れる

降るならば降るに任せてこの夜も歌に拾はれに行かうよ

ああ、あいつ桜だつたよ火の消えた煙草を風に崩されてゐる

卵殻

理解にはとほいあそこはこれからの人たちがゐるプラットフォーム

雨の降る予報があつた　あなたとはずつとお喋りしてゐたかつた

かみさまの話を売りに来た人に扉を閉ざす　特にしづかに
言問はず手を取るときの夕暮れの疚しさひとつふくらむばかり

日時計は忘れられても焼かれても朝の光のなかにまた立つ

暗渠へと鈍く揉まれてゆく樽のだつかつどつしゆだつかつどつしゆ

き、けり、き。卵の裂け目。き、けり、き。聞けり命を継がない音を

愛さないひとの体を抱くときのほらあのいのち裏切る感じ

手のひらに綿毛がゆるく降りてくる　いけない、こいつ光の種子だ

恋愛をしてた女のツイートがきらきらしなくなつてけふ夏至

逃亡者

見逃されてるだけなのだらういつ来るか知れず嵐は　あるいは

忘れれば良いのだらうしいま雨はよわくて傘を差さない　歩かう

手の中で電話が震へ中目黒交差点からくらやみだつた

買つてきたあしたの朝の食糧をビニール袋のまま差し出す

テレビの映画終はり二人は逃亡者　こんなだつけと言いあつて消す

唇に触れてそれから抱きしめる　何が良くつてしてるんだらう

月が見えると言つて抜け出す素裸の背中に薄く射す陰影は

切つ先のあるもの不意に欲しくなり剃刀そこにあるこれぢやない

指先で面を乱す白銀のあくあ・あきらめるには遅くて

みづ含む肌理の体を未だ眠るひとのとなりに並べ　したいな

するにはそれは完璧すぎる体とは言はないけれど綺麗　眺める

さゆらぎ　とかすかなほどに囁いて君は目覚める　なぜにさゆらぎ

薄ら射す朝日の中で生きてゐるそのゐるの音 will みたいだね

救はれてみたくならない　素裸の体を伸ばす君を見てゐる

III

あなたみたいに血を流せない

これはその、あなたの許可を請ふことの、冬の陽射しを愛することの

このあひだ傘ありがたう　骨組みをひとつかふたつゆがめてかへす

ひとときにあなたの上の重力を奪ひたくつて抱き寄せてゐる

耳元にもつれる髪のたわやかに救へないのとささやけば闇

あたたまるための何かを零しつつ肋の骨の擦れ合ふいたみ

いくまでは二頭の獣　れいれいと透ける無罪の血を流しつつ

かじかめばデンドロビウム摘めなくて浅く掻きとるやうにする指

やめようよ　繊細ぶつてあしもとの踏みあふ雪がもう、無残だ

徹夜してあそんで朝の駅に立ち墓石のやうにひとしい光

松の木のかぜに揺られて針の葉が光の舌に剝がされてゆく

牡丹雪もてあそんではかうやつて命は融けるものなんだねと

あなたにも僕の頬にも（もう雨を拭つてもいい？）傷跡がある

蔓薔薇を編んであなたに渡したい　あなたみたいに血を流せない

薄氷を踏んでる　これを、ああこれを、おもてを走る罅ひとすぢを

可愛かつたんだ

You can always count on a murderer for a fancy prose style. ——Lolita

ナボコフ云はく「人殺しにはいつであれ凝つた文体を期待してよし」

さうそれな　それはもちろん歌人には人殺しつてゐるわけだけど

赤皮のランドセルかな　下草に放り出されてゐるあの赤は

保存しました犯しましたか jpeg のモノクロームのひかがみと花

ドイツ語の……思ひ出せない花の名のうあしゅぷるんぐりつひな花の

はんざいしやあやなるひびき犯罪者汎罪者とよ汎在者とよ

人間が嫌ひな人と人間をどうしようかと相談をする

守るべき閾のうちそと仄めかし時雨のやうに静まる会話

いいえ先生殺した人が夢に来て泣いてたんです　せいじやうですよ

花摘みはやめてゐたのにぬかるみの菫の花を毟り取つてる

それからは立つてゐました緘黙の瞼を縫つて日が射してくる

殺したら悔やむだらうな人類もあなたのことも愛してゐます

kitten the killer

前提

夏だねえ、誰の笑顔もうるはしく地獄の季節つてぴつたり

まちがつた問ひに迷つた瞬間の、学者みたいに古銭をひろふ

まちがつた角をまがつた瞬間の、ほんのすこしは絶望だつた

まちがつて人に産まれた瞬間の、絶対これぢやないつて感じ

善悪の無分別つてあく、ですか　小指で蜘蛛の巣を揺らしてる

まんなかのぼろざふきんのやうな猫よけて車が通る　夏だな

世界内バグがデバッグされたって僕の言葉はなくならないよ

美少女の絵をぶった切ったらひとしづく額になにか垂れたみたいだ

夏だねえ、見上げてみたらおおおんとたふれて来るね青い世界が

犯行

みづいろのシーツのうへでばかわらひ君はばかばか　こはれものだね

ともだちをばらばらにしてみるだとかやつてはじめてわかること、ある

ああこれでほんたうになるこれまでは夢を解体してばかりゐた

ぶぶぶるるぜつちやうなのにぶぶぶるる電話ぶぶぶるうつたうしいよ

kitty, kitty, kitten the kiler, kill for me, kidney つてばこんなに青い

き、らきら光を散らすけいたいをすてさる自由あ。りはしないね

太陽と対句になつて、ああ！　僕はこの世の闇を焼き払ふんだ

ありがたう。僕はさいごの戦争をはじめるための鍵。を拾つた

勾留

こつこつと扉をたたくおとがする　夢がをはつてまた、次の夢

僕のゐる側とそちらを隔ててるガラス、違ふね　呼吸しようか

あ、来るね　ドアの向かうにあ、来るね、来るのはきさま来るなきさまら

撫でさするやうな慫慂　死者を産んだ女の口を割りたいか、ほう

かうさつのわけなんか知らない　せんさうがなくならないのとどうていどには

（（（かうさつはぜつたいにだめ）かうさつをしすぎてはだめ）かうさつがだめ）

別の仕方があつたら人のかうさつをしなかつたとかなささうだけど

嫌なもの　生殖　だとか書かないで　ヒトってはうがほらね、ほらね

青空にめまいのけはいにんげんはとてもとほくにあるのだらうな

the killed kitten

（私つてつながつてゐるものだつた　からだ　こころ　おなかとてあし）

ひどいことされるんだつてわかつても死体になつても信じつづけた

「よわってる個体いったい捕獲して連れてくるって簡単だから」

「たましひの揮発経過の観察をヒトのからだでしたかったから」

トートから引きちぎられて震へてるけいたいでんわ、いたい……わ……

糸のこが　きき　と引かれてにんげんのうつはのぶぶん　ぶぶんゆれてる

きこえてる　わたしの喉にあふれだすちかすいのおと　おと、お、と

「血の海に落ちた天使が溺れ死ぬまぎはの呼吸、そんなこゑだね」

……逆光がさしてゐるのにとぢなくてまぶたのおくにこほりつく赤

……ひとひとり殺されたあと発熱を終へた世界にひとひとりなく

全ての戦争の母

戰爭のたびに砂鐵をしたたらす暗き乳房のために禱るも　塚本邦雄『水葬物語』

戦争の子らに砂鉄を含ませる母から生まれざる者なくて

俺は（中略）女から生まれた奴には決して倒されぬ。マクベス、最期の戦場で

戦争に鍵を掛けてもその母を弑さなくては復雨が降る

戦争の秩序に対しては、だからなにものも外部的ではありえない。レヴィナス『全体性と無限』

行く道を悪意の精のやうに降る春の雨否、時が降るのか

人間殺戮の文字が大きく浮かび来て目ざめし夜半に月かけてゐき　渡辺直己『渡辺直己歌集』

桜花あれば死水はこの喉に溢れ腐れて縊らるるまで

全ての戦争の母が始まったのだ　伝サッダーム・フセイン、湾岸戦争開戦に際して

眠らなくては　あの淵を行く影のもとあらそひの樹は芽吹くにしても

ちりぢり

朽木です。ご無沙汰してゐる方も初めてお会いする方もいらつしゃると思ひますので、まず近況報告をさせていただきます。

このごろ、歌ふべきことが浮かんで参りません。何をしたくて歌を始めたかと思ふことさへ頻りで途方に暮れます。この所在なさに名前をつけるなら、寂しさとなるでせうか。何を始めても、わからなくなるたび、さうとしか言ひやうのないところに戻つてきてしまふ。さびしさから始まつてまた戻る繰り返しをながくながく続けて行くのでせうか、私は。

さびしさの全重量をぶら下げるビーグル犬の耳の傷あと

うす曇る窓の向かうに鳩の来て鳩と思へばたちまちに行く

オリーブの油にパンは押し込まれ溺れるやうにやはらいでゆく

浴槽のそこひの渦を見るうつつ気配と云へど友死ぬる夢

空つぽのスターバックス空つぽのショルダーバッグ空つぽの恋

はなびらはあとからあとへみづに来て沈む力を蓄へて死ぬ

暗い川に花がちりぢり浮いてゐるもうしばらくは一人でゐよう

ひさかたの光のどかに三月が息絶え絶えの遺言をする

ゆうとぴあつてどういふ意味さ教養に自信ある人教へてほしい

謝辞

二〇一〇年に歌を作り始めた。わたしとして最初の歌集となる本書には、概ね二〇一三年以降に歌誌『未来』及び別人誌「扉のない鍵」で発表したものを採録し、編集した。

制作の途上、その十年に満たない間のわたし自身の作品の変遷が狂騒めいたものにも見えた。形式に拠ることは盲従ではない、そのことをもう一度言はなくてはならないのかとも思つた。創作者が確執すべき本質が現れる道は一つではないにせよ、その道のいづれかをわたしは通つてきたと言へるだらうか。

制作にあたり校正を未来短歌会の秋月祐一氏に依頼した。書肆侃侃房の田島安江氏及び編集部には出版に当たり多くの助言をいただいた。その他にも多くの方々との関はりが本書の礎となつてゐる。すべて身に余ることに思ふ。特に、この書物を手に取られたどなたか。あなたがゐなければこの書物は完成しない（すべての書物がさうであるやうに）。

我々の空が開かれてゐることにせめてもの感謝を。

二〇一九年十月　　朽木祐

■著者略歴

杉木祐（くつき・ゆう）

1979年生
2011年未来短歌会入会

twitter:@ry_pekepom

ユニヴェール12
鴉《からす》と戦争

二〇一九年十二月二十六日　第一刷発行

著　者　杉木祐
発行者　田島安江
発行所　株式会社 書肆侃侃房（しょしかんかんぼう）
〒八一〇－〇〇四一
福岡市中央区大名二－八－十八－五〇一
TEL：〇九二－七三五－二八〇二
FAX：〇九二－七三五－二七九二
http://www.kankanbou.com info@kankanbou.com

DTP　黒木留実（BEING）
印刷・製本　株式会社インテックス福岡

ISBN978-4-86385-385-0　C0092